First published by
Parragon Books Ltd in 2014
and distributed by:
Parragon Inc.
440 Park Avenue South, 13th Floor
New York, NY 10016
www.parragon.com
Copyright © Parragon Books Ltd 2014
Texto © Hollins University
Copyright © de la edición en español (2014):
Parragon Books Ltd

Texto de Margaret Wise Brown
Ilustraciones de Loretta Schauer
Edición de Catherine Allison y Robyn Newton
Diseño de Kathryn Davies
Traducción: Laura Cobo para LocTeam, Barcelona
Redacción y maquetación de la edición en español:
LocTeam, Barcelona

978-1-4723-5483-9
Printed in China

Cerdito bueno, cerdito malo

PaRragon

Bath · New York · Cologne · Melbourne · Delhi
Hong Kong · Shenzhen · Singapore · Amsterdam

Un buen día, un niño llamado Pedro preguntó a su madre si podían tener un cerdito.

—¿¡Qué!? —exclamó la madre de Pedro—. ¿Quieres un cerdito sucio y malo?

—No —dijo Pedro—. Quiero un cerdito limpio. Y no quiero un cerdito malo o un cerdito bueno. Quiero un cerdito **bueno** y **malo**.

—Nunca he oído hablar de cerditos limpios —dijo la
madre de Pedro—, pero intentaremos encontrar uno.
Así que enviaron una carta a un granjero que tenía
varios cerdos.

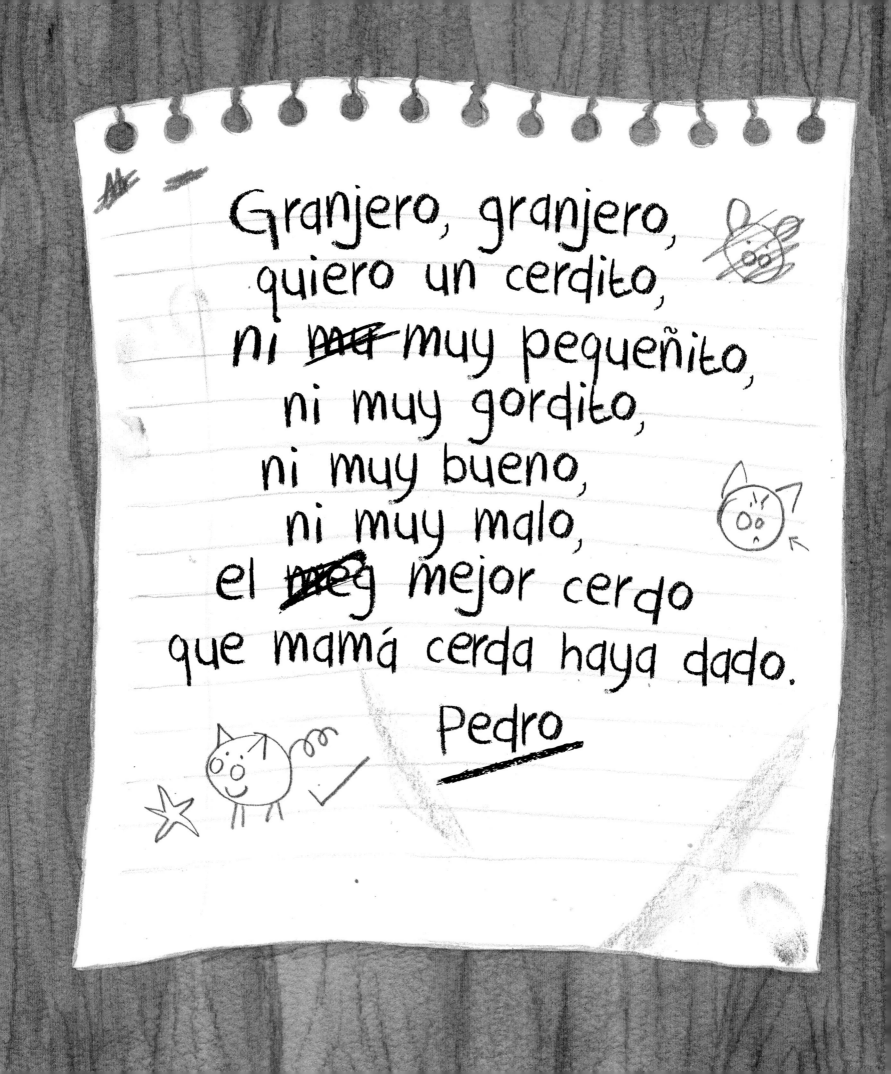

El granjero tenía cinco cerditos que vivían en una vieja y fangosa pocilga con su ya mayor mamá cerda.

Cuando el granjero leyó la carta de Pedro, observó a sus cinco cerditos: tres cerditos buenos ya estaban durmiendo,

un cerdito malo no paraba de saltar,

y el último cerdito chilló y gruñó.

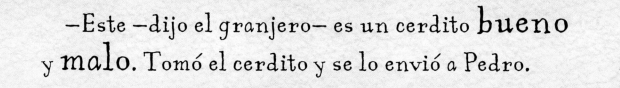

—Este —dijo el granjero— es un cerdito **bueno** y **malo**. Tomó el cerdito y se lo envió a Pedro.

Cuando la madre de Pedro vio el cerdito, exclamó:

—¡Qué cerdito tan sucio!

El cerdo gruñó:

—¡Oiiiiiiiiiiiiinc, oiiiiiiiiiiiiiinc!

Y Pedro dijo:

—Espera a que le demos un baño.

Para Pedro

Entonces el cerdito saltó de su caja y empezó a correr por todos lados mientras gritaba como un camión de bomberos.

—¡Qué cerdito más malo! —dijeron el padre y la abuela de Pedro.

—No es un cerdito malo —dijo Pedro—.
Esperen a que nos conozca.

El cerdito miró fijamente a Pedro con sus pequeños ojos. A continuación, se sacudió y empezó a caminar detrás de él.

—¡Qué cerdito tan bueno! —dijo la abuela de Pedro mientras le daba un cuenco de leche y pan para comer.

—No —dijo Pedro—. Recuerda que es un cerdito bueno y malo.

Glu, glu, glu, glu, glu.

El cerdito hacía sonidos extraños mientras comía.

—¡Qué pocos modales! —dijo la abuela de Pedro—. ¡Qué cerdito tan malo!

—Vamos, cerdito **bueno** y **malo** —dijo Pedro—, te daré un baño.

Pedro metió el cerdito en una bañera llena de agua caliente
y lo lavó con una gran pastilla de jabón.

—¡Qué desorden! —dijo la madre de Pedro—. ¡Qué cerdito
tan malo!

Pedro enjabonó el cerdito hasta que toda la espuma
se quedó negra y estuvo bien limpio desde la punta de
la cola hasta el hocico.

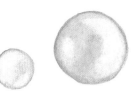

Después, Pedro fue con el cerdito
a dar un paseo.

—Mire —dijo Pedro al policía—.
¿Había visto alguna vez un cerdito
tan bonito y tan limpio?

—No —respondió el policía—.
¡Qué cerdito tan bueno!
Hizo sonar su silbato y paró a todos los
automóviles para que Pedro y el cerdito
pudieran cruzar la calle.

Sin embargo, el
cerdito no quería
caminar. Pedro tiró
de la correa, pero el
cerdito se negaba
a moverse.

Así que el policía empujó al cerdito mientras Pedro tiraba de él hacia la calle.

¡Oiiiinc, oiiiiiiiiinc, oinc!

Entonces, de repente, el cerdito empezó a caminar, como si nada hubiera pasado.

—¡Qué cerdito tan bueno! —dijo la gente en sus automóviles mientras continuaban su camino.

Y así fue como Pedro consiguió precisamente lo que quería:
un cerdito **bueno** y *malo*.

Unas veces, el cerdito era **bueno**
y otras era **malo**,

pero era, sin duda, **el mejor** cerdito
que un niño **podía tener.**

¡El mejor!

¡Oinc, oinc!